Vente des Jeudi 23 et Vendredi 24 Mai 1872

APRÈS DÉCÈS DE M. LE COMTE DE ***

MEUBLES-BRONZES

Beaux Meubles du XVIe siècle en bois sculpté

PORCELAINES DE SAXE ET DE CHINE

VOITURE, HARNAIS

OBJETS D'ART

DE LA COLLECTION DE M. ***

TERRES CUITES, PAR CLODION

Bronzes Louis XIV, Louis XV et Louis XVI; Miniatures; Meubles; Argenterie ancienne.

EXPOSITION PUBLIQUE

Le Mercredi 22 Mai 1872, Hôtel Drouot, salle n° 1

Me DELBERGUE-CORMONT
COMMISSAIRE-PRISEUR
Rue de Provence, 8.

MM. DHIOS ET GEORGE
EXPERTS
Rue Le Peletier, 33

PARIS — 1872

RENOU ET MAULDE

IMPRIMEURS DE LA COMPAGNIE DES COMMISSAIRES-PRISEURS

Rue de Rivoli 144.

CATALOGUE

DES

MEUBLES-BRONZES

Beaux Meubles du XVIe siècle en bois sculpté

PORCELAINES DE SAXE ET DE CHINE

TAPISSERIES, VOITURE, HARNAIS

DÉPENDANT

De la succession de M. le comte de ***

ET DES

OBJETS D'ART

DE LA COLLECTION DE M. ***

Terres cuites, par **Clodion**; beaux **Bronzes** Louis XIV, Louis XV et Louis XVI; **Miniatures**, Portraits historiques; **Argenterie** ancienne; **Meubles**.

DONT LA VENTE AUX ENCHÈRES PUBLIQUES AURA LIEU

HOTEL DROUOT, SALLE N° 1

Les Jeudi 23 et Vendredi 24 Mai 1872

A UNE HEURE ET DEMIE

Me **DELBERGUE-CORMONT**, Commissaire-Priseur,
rue de Provence, 8,
Assisté de **MM. DHIOS** et **GEORGE**, Experts, rue Le Peletier, 33.

EXPOSITION PUBLIQUE

Le Mercredi 22 Mai 1872, de 1 heure à 5 heures.

PARIS — 1872

CONDITIONS DE LA VENTE

Elle sera faite au comptant.

Les Acquéreurs paieront, en sus des adjudications, CINQ POUR CENT applicables aux frais.

DESIGNATION

MEUBLES

1 — Très-beau Meuble à deux corps, du XVIᵉ siècle, en bois sculpté, enrichi sur la façade et les côtés de bas-reliefs, de frises, de moulures et de mascarons. La partie supérieure est ornée, aux angles et au milieu, de colonnettes cannelées à chapiteaux entre lesquelles sont placés deux bas-reliefs représentant *Mars* et *Minerve*. Sur les vantaux de la partie inférieure sont représentés *Mars et Vénus* et *Mercure remettant la pomme à Paris*. Tous les tiroirs sont garnis de frises de *divinités marines*.

Meuble du XVIᵉ siècle d'un très-beau travail.

2 — Beau Meuble à deux corps, du XVIᵉ siècle, en bois sculpté, orné sur les quatre vantaux de figures allégoriques des Saisons, en bas-relief. Les tiroirs sont garnis de jolies frises à sujets de chasse, animaux chimériques, fruits et rinceaux. Des cariatides, des mascarons et des têtes de bélier en haut-relief complètent l'ornementation du meuble.

Beau travail flamand du XVIᵉ siècle.

3 — Belle Commode de Boule en marqueterie de cuivre sur écaille brune, enrichie d'ornements d'applique en bronze doré. Dessus en marbre.

4 — Très-jolie Console du temps de Louis XVI, en bois sculpté et doré ; dessus en marbre blanc. Sur l'X qui relie les pieds est un groupe d'oiseaux.

5 — Belle Console Louis XV en bois sculpté et doré, dessus en marbre brèche.

6 — Un Canapé et quatre Fauteuils en bois finement sculpté et doré couverts en soie brochée ; époque Louis XVI.

7 — Une petite Table à ouvrage, bois rose et bronze.

8 — Petit Paravent Louis XV à six feuilles, en bois sculpté et doré, avec panneaux à double face en soierie de l'époque.

9 — Deux petites Consoles Louis XV en bois doré.

10 — Cabinet italien, à abattant, en bois de noyer sculpté, orné de figures et de blason en relief. Ce Meuble est placé sur sa table à pieds tors, travail italien du XVIe siècle.

11 — Autre Meuble analogue au précédent.

12 — Un Bureau-Secrétaire en marqueterie d'ivoire et d'ébène ; travail italien du temps de Louis XIII.

13 — Deux petits Meubles à étagères, bois rose et bronze. Fond à glace.

14 — Meuble d'entre-deux à hauteur d'appui en marqueterie de cuivre sur écaille, ornements d'applique en bronze, dessus en marbre noir.

15 — Autre Meuble semblable au précédent.

16 — Petit Bureau de dame en bois rose garni d'ornements d'applique en bronze et de plaques en porcelaine décorée.

17 — Une Glace Louis XV avec encadrement en bois finement sculpté et doré, surmonté d'un fronton à attributs, vase, houlettes et instruments de musique.

18 — Table de milieu en marqueterie de cuivre sur écaille brune, garnie d'ornements en bronze doré, style Louis XV.

19 — Belle Table de milieu en marqueterie de bois à fleurs et oiseaux ; ornements d'applique en bronze doré.

20 — Table Guéridon en porcelaine, décorée d'un combat, à l'imitation d'une Mosaïque antique ; monture en bois doré.

21 — Deux petits Meubles à portes vitrées, en marqueterie de cuivre sur écaille, garnie d'ornements d'applique en bronze doré.

22 — Bureau Louis XIV en marqueterie de cuivre sur ébène.

23 — Table en chêne sculpté, à pieds tors.

24 — Deux petits Meubles d'entre-deux en bois rose garni d'ornements d'applique en bronze ; portes pleines avec médaillons de mosaïques en pierres dures.

25 — Une Armoire Louis XVI en bois rose et marqueterie à damier.

26 — Plusieurs fauteuils Louis XV.

27 — Trois grands Buffets étagères en bois noir sculpté, une grande Table et dix-huit Chaises à pieds cannelés, garnies en damas de soie brochée.

28 — Deux Banquettes en chêne, à dossier sculpté, couvertes en velours grenat.

29 — Deux Jardinières à treillage en bois doré, ornées de peintures chinoises.

—

BRONZES D'AMEUBLEMENT

30 — Deux paires de Bras d'applique à cinq lumières, bronze doré.

31 — Quatre petits Lustres d'applique à trois lumières.

32 — Une paire de Chenets à figures d'enfants et ornements rocaille.

33 — Autre paire de Chenets, style rocaille.

34 — Petite paire de Chenets à vases, style Louis XVI.

35 — Grande paire de Chenets Louis XVI; Vases à flammes.

36 — Deux Candélabres en bronze formés de figures d'enfants supportant cinq lumières.

37 — Huit Porte-Lampes en bronze.

38 — Pendule, modèle rocaille, en bronze doré avec dragons et figurine d'enfant.

39 — Deux Candélabres à six lumières, style rocaille.

40 — Une Garniture de cheminée, pendule et deux Candélabres en bronze doré, à figurines d'enfants.

41 — Quatre Bras d'applique en bronze à six lumières avec porte-lampes.

42 — Trois paires de Bras d'applique à bouquets de lis à six lumières en bronze doré.

43 — Un surtout de table en bronze artistique, composé d'une pièce de milieu formant candélabres, de deux Corbeilles à étagères et de six Compotiers.

44 — Grand Lustre à quarante lumières garni de cristaux.

45 — Lustre-Lampadaire à 20 lumières ~~et quatre bras~~ pour lampes en bronze.

46 — Grand Lustre en bronze doré à trente lumières, garni de ses cristaux.

47 — Lustre à six lumières en porcelaine moderne, fond bleu turquoise et médaillons à fleurs.

48 — Grande Lanterne d'antichambre, époque Louis XVI.

49 — Petit Lustre à six lumières, bronze et porcelaine du Japon.

PORCELAINES DE SAXE, DE CHINE ET DU JAPON

50 — L'Eté et l'Automne, deux groupes en ancienne porlaine de Saxe, monture rocaille en bronze doré formant flambeau.

51 — Enlèvement d'une nymphe, groupe en ancienne porcelaine de Saxe.

52 — Allégorie de l'Automne, groupe sur socle terrassé en bronze doré.

53 — Faune et Faunesse, deux statuettes sur socles, en ancienne porcelaine de Saxe.

54 — Berger et bergère, deux figurines sur socles en bronze doré.

55 — Dix-huit Groupes ou figurines en ancienne porcelaine de Saxe seront vendus sous ce numéro.

56 — Un Vase à couvercle, décoré de fleurs en relief ; ancienne porcelaine de Saxe.

57 — Une Soupière modèle rocaille, avec plateau et couvercle surmonté d'une figurine en ancienne porcelaine de Saxe, décor à médaillons de fleurs, oiseaux et ornements blancs gaufrés.

58 — Une autre avec plateau, plus grande que la précédente.

59 — Autre Soupière de même modèle avec couvercle surmonté d'une figurine.

60 — Autre Soupière à anses détachées avec poignée à citron sur le couvercle.

61 — Deux grands Vases en pocelaine de Chine, céladon bleu décoré de blanchages blancs en relief. Monture en bronze doré, formant candélabres à bouquets de lis.

62 — Deux Potiches en vieux Japon, montées en lampes Carcel.

63 — Deux Lampes Carcel formées de vases de Chine émaillés de fleurs et ustensiles chinois.

64 — Deux Cornets en vieux Japon, montés en lampe, décor à figures, bleu rouge et or.

65 — Vingt et une Assiettes ancienne porcelaine de Chine, variées de décor.

67 — Plat rond en vieux Japon.

68 — Huit Plats de différentes grandeurs, variés de décor, ancienne porcelaine de Chine.

69 — Deux Potiches dépareillées en ancienne porcelaine du Japon.

70 — Trente Assiettes à désert, décor à bouquet de fleurs, bordure à jour, porcelaine moderne.

71 — Deux Vases, forme bouteille, en porcelaine de Chine moderne, ornée de dragons en reliefs, monture en bronze doré.

72 — Deux Vases en porcelaine imitation du Japon, monture en bronze doré, à bouquet de lis, formant candélabres à six lumières.

73 — Deux Cornets en vieux Japon, supportant deux lampes.

74 — Deux Vases, modèle balustre, en porcelaine de Chine à ornements verts sur fond brun. Monture en bronze.

75 — Deux Vases en porcelaine de Chine, décor à mandarins, monture en bronze doré formant flambeau.

76 — Deux Coupes en porcelaine moderne, fond bleu turquoise et médaillons de fleurs ; elles sont posées sur trépied en bronze.

77 — Environ vingt pièces Tasses, Théière et Salières en porcelaine de Chine et du Japon.

78 — Douze Assiettes à dessert, décor à fleurs, imitation de Chine.

79 — Environ 60 pièces, objets d'étagère, porcelaine et verrerie de Bohême moderne, seront vendues sous ce numéro.

80 — Groupe de trois enfants en biscuit moderne.

81 — Six pièces : Figurines et groupe en blanc de Saxe.

82 — Trois Figurines en ancien biscuit : Marchande de poisson, Marchand de brioches et Joueur de musette.

83 — Deux Plats ovales à reptiles, imitation de Palissy.

84 — Un Groupe et deux figurines en faïence de Niderviller.

85 — Trois Vases à couvercles en faïence de Delft. Décor polychrôme.

86 — Deux Vases à couvercles et un Cornet en faïence de Delft laquée, avec oiseaux en relief.

OBJETS DIVERS, ÉTOFFES, TAPISSERIES

87 — Triptyque reliquaire, orné de bas-reliefs en argent représentant les épisodes de la vie du Christ, et de statuettes d'argent, Jésus et les douze apôtres. Sur les volets sont placées huit petites peintures, sujets bibliques, encadrées d'ornements d'applique en argent sur fond de velours grenat.

Travail italien de la fin du XVIe siècle.

88 — Christ en corail sculpté, placé sur une croix en cuivre doré, enrichie à ses extrémités d'ornements émaillés et de coraux.

Travail italien du temps de Louis XIII.

89 — Joli cadre en bronze doré à rinceaux découpés à jour, orné de têtes de chérubins et de petits coraux. Au centre est placée une statuette de la Vierge sur une plaque en lapis. Époque Louis XIII.

90 — Deux Pistolets turcs, garniture en filigrane d'argent et corail.

91 — Une Narguileh avec ses tuyaux en cuivre émaillé.

92 — Quatre Salières, émail bleu de Saxe, médaillons à paysage.

93 — Encrier en émail vert de Saxe. Médaillon à paysage, monture bronze doré, style rocaille.

94 — Un Cartel Louis XV en bois sculpté et doré.

95 — **Menus bijoux.**

96 — **Ruolz**, Réchauds, plaqué, etc.

97 — Un Tapis d'Orient, brodé or et argent à vase de fleurs et ornements variés.

98 — Plusieurs Panneaux en tapisserie d'Aubusson.

99 — Un Lot d'étoffes et de rideaux.

VOITURE, HARNAIS

100 — Grand Coupé à housses de Ehrler; couleur verte, garniture intérieure en soie bleue.

101 — Paire de Harnais pour attelage à deux chevaux.

102 — Harnais pour attelage à la Daumont à deux ou quatre chevaux.

103 — Harnais complet pour attelage à un cheval.

104 — Lots de bridons, guides, étrivières, mors, etc.

OBJETS D'ART

DE LA COLLECTION DE M. ***

TERRES CUITES, PAR CLODION

BRONZES

Des époques Louis XIV, Louis XV et Louis XVI

ARGENTERIE ANCIENNE

MINIATURES : Portraits historiques

GOUACHES, PORCELAINES, MEUBLES

TERRES CUITES

105 — **Clodion**. Très-beau bas-relief représentant des Nymphes au bain et des Amours.

106 — **Clodion**. Beau bas-relief représentant une danse de Nymphes.

107 — **Clodion**. Beau modèle de Vase, orné d'un bas-relief représentant une Bacchanale d'enfants et de deux anses formées de têtes d'animaux chimériques, et reliées par une guirlande de lierre.

108 — **Clodion**. Modèle de Vase, orné d'un bas-relief, Bacchanale d'enfants jouant avec une panthère et de deux anses, têtes de satyres.

109 — **Clodion**. Modèle de vase, orné d'un bas-relief, Bacchanale d'enfants jouant avec une chèvre, et de deux anses, têtes de femmes.

110 — **Clodion**. Groupe d'enfants portant une urne. Bas-relief.

111 — **Clodion**. Nymphe faisant danser un petit satyre. Bas-relief.

112 — **Clodion**. Vénus et l'Amour.

113 — — Faunesse et petit faune. Deux bas-reliefs de forme ronde.

114 — **Marin**. Nymphes et satyres. Deux bas-reliefs formant pendants.

115 — **Marin**. Naïade couchée. Figurine en terre cuite, signée Marin.

BRONZES

116 — Deux Sphinx formant pendants, en bronze fondu à cire perdue, ciselé et doré, posés sur socles en granit rose d'Égypte, ornés de moulures ciselées et, aux quatre angles, de têtes de dauphins en bronze doré.

Beaux bronzes italiens du temps de Louis XIV.

117 — L'Écorché de Houdon. Beau bronze portant l'inscription : *Houdon f., fondu, ciselé, par Thomire*, 1776.

Cette figure est placée sur un joli socle octogones à cannelures et tore; bronze ciselé et doré de même époque.

118 — Deux Vases, forme ovoïde, en verre gros bleu taillé à facettes, avec très-gracieuse monture en bronze finement ciselé et doré à deux anses formées de branchages de laurier, et piédouche cannelé. Beau travail de ciselure du temps de Louis XVI.

119 — Le Baiser d'Houdon. Deux très-jolis bronzes du temps de Louis XVI, placés sur fûts de colonnes cannelées, en bronze doré.

120 — Faunesse et groupes d'enfants; joli bas-relief en bronze du temps de Louis XVI.

121 — Mercure enfant assis sur un coussin à glands posé sur un socle orné de guirlandes de laurier. Joli bronze du temps de Louis XVI.

122 — Encrier composé de trois pièces en cuivre doré, gravé très-délicatement et ciselé. Époque Louis XIV.

123 — Petit Flambeau de bureau à deux lumières en bronze ciselé et doré. Époque Régence.

124 — Petit Flambeau de bureau à deux lumières en bronze ciselé et doré. Époque Louis XV.

125 — Deux Robinets de baignoire en bronze ciselé et doré, à tête d'animaux chimériques et ornements rocaille. Pièces remarquables de l'époque de la Régence.

126 — Une Paire de robinets de baignoire à col de cygne et rosace d'applique à palmettes, en bronze ciselé et doré. Époque Louis XVI.

127 — Beau Vase en bronze ciselé et doré du temps de Louis XIV, pour rampe d'escalier.

128 — Autre Vase semblable.

129 — Belle paire de Chenets du temps de Louis XIV en bronze ciselé et doré, à cariatides de jeune femme ailée et vases à coquille.

130 — Petite paire de Chenets du temps de la Régence, en bronze ciselé; pied à enroulement et coquille, surmonté d'une pomme à feuillage.

131 — Paire de Chenets Louis XV; enroulement à feuillages et pieds à cannelures.

132 — Une paire de Bras-appliques Louis XIV à une lumière. Tête de femme avec croissant sur le front et couronne de feuilles à jour d'où s'échappe le bras. Bronze ciselé et doré.

133 — Une autre paire semblable.

134 — Très-belle paire de Flambeaux en bronze ciselé et doré à l'or moulu, de la plus grande richesse d'ornementation. Époque Régence.

135 — Paire de Flambeaux Louis XVI, statuette de jeune femme tenant une cassolette: bronze ciselé et doré.

136 — Une petite paire de Flambeaux Louis XIV finement ciselés à riche ornementation dans le goût de Bérain.

137 — Une Mouchette et son porte-mouchette en bronze ciselé et doré dans le style de Bérain. Époque Louis XIV.

138 — Paire de Flambeaux Louis XVI en bronze ciselé et doré. Jolie guirlande de laurier sur le piédouche.

139 — Paire de Girandoles à deux lumières en cuivre argenté à la feuille. Époque Louis XV.

140 — Une autre paire semblable.

141 — Paire de Girandoles Louis XV à trois branches; cuivre argenté à la feuille.

142 — Très-belle Pendule Louis XIV avec sa console d'applique, en marqueterie de cuivre sur écaille garnie d'ornements d'applique en bronze ciselé et doré.

143 — Beau Cartel Louis XVI en bronze ciselé et doré; modèle à vase à flamme et guirlandes de fleurs.

144 — Deux Porte-montres d'applique, modèle à fût de colonne en guirlandé de lierre et surmonté d'une lyre, avec cul-de-lampe de feuille d'acanthe et grappe de raisins. Bronzes finement ciselés et dorés, de style Louis XVI.

145 — Deux Porte-montres appliques, modèle à dauphins, nœud de rubans, tige de lis et de laurier et guirlandes de chêne. Bronze ciselé et doré de style Louis XVI.

146 — Deux paires de petites Appliques empire, aigle ayant au bec une couronne de laurier.

147 — Deux petites Appliques du temps de Louis XVI; lyre et trophée.

148 — Deux Porte-notes en cuivre doré à treillage à jour, sur fond de bois gravé et surmonté d'un nœud de rubans. Époque Louis XVI.

149 — Ornement d'applique; mascaron tête de satyre ; bronze ciselé et doré. Époque Louis XIV.

150 — Petit Trépied pour vase ; époque Louis XIV ; bronze ciselé et doré.

151 — Un Éteignoir, en forme de fleur bronze ciselé et doré. Époque Louis XV.

152 — Une paire de Porte-pelles et pincettes, modèle de bronze rocaille. Époque Louis XV.

ARGENTERIE ANCIENNE

153 — Cafetière en argent repoussé à lobes en spirales. Époque Louis XV.

154 — Sucrier ovale, à bouton de fraises sur le couvercle et anses relevées ; il est orné de médaillons et de guirlandes gravés. Époque Louis XV.

155 — Sucrier, forme vase, analogue au précédent et de même époque.

156 — Sucrier à ornements rocaille repoussés et guirlandes gravées ; le bouton du couvercle est formé par un bouquet de fraises. Époque Louis XV.

157 — Moutardier en argent, époque Louis XIV.

158 — Porte-huillier avec galerie à jour et pieds droits reliés par des draperies. Époque Louis XVI.

159 — Deux paires de doubles Salières bouts de table ; poignées en pyramides à jour. Époque Louis XVI.

160 — Boîte à savon, forme de sphère, en argent finement découpé à jour et placée sur un piédouche. Époque Louis XV.

161 — Corbeille à pain, en argent, treillage à jour et ornements à coquille.

MINIATURES, GOUACHES

162 — **Hall**. Portrait de M. de Necker, représenté de face, en buste; habit violet, jabot de dentelles; miniature de forme ovale; cadre en cuivre doré.

163 — **Nanteuil**. Portrait de Louis XIV, jeune. Très-petite miniature sur vélin de forme ovale.

164 — **Latour**. Portrait de M. Duliège, représenté à mi-corps, le chapeau sous le bras, habit de velours bleu, gilet rouge brodé d'or et jabot de dentelle. Miniature de forme ronde peinte par Latour le célèbre peintre de pastels. Cercle en argent doré.

165 — Portrait de jeune femme du temps de Louis XVI, à mi-corps, la gorge découverte; fond de paysage. Cercle en argent doré.

166 — La Feinte résistance, scène d'intérieur du temps de Louis XVI, miniature dans le goût de Fragonard; forme ovale, cercle en argent doré.

167 — Portrait de Mme de Pompadour, en buste avec fleurs dans les cheveux et ruban autour du cou. Cercle en or ciselé surmonté d'un nœud de ruban.

168 — Portrait d'Elisabeth Petrowna, fille de Pierre le Grand, née en 1709, morte en 1762. En buste, de face, avec perles et pierreries dans la coiffure; manteau rouge bordé d'hermine. Joli cadre à à jour, or et argent, avec jargons. Époque Louis XV.

169 — **Émail.** La Jeune fermière, petite peinture sur émail. Époque Louis XV.

170 — Daphnis et Chloé, charmante miniature de forme ovale. Époque Louis XVI.

171 — Portrait de Marie de Médicis, collerette à fraises et colliers de perles; jolie miniature sur vélin.

172 — Portrait de Philippe, duc d'Orléans, Régent du royaume. Il est représenté à mi-corps, revêtu de son armure, avec le cordon du Saint-Esprit en sautoir. Belle miniature sur vélin par *Van Orley*.

173 — Portrait de la veuve du Régent (Mlle de Blois, fille légitimée de France), deuxième fille de Louis XIV et de Mme de Montespan. Elle est représentée à mi-corps, tenant une croix, en robe à ramages et manteau bleu fleurdelisé. Miniature sur vélin par *Van Orley*.

174 — Portrait de l'abbesse de Chelles, fille du Régent, petite-fille de France. Robe noire et manteau d'hermine ; fond de paysage. Miniature sur vélin par *Van Orley*.

175 — Portraits de Stanislas de Bourbon, prince de Lamballe, et L. M. A. de Bourbon, Mlle de Penthièvre. Ils sont représentés, à mi-corps, dans un parc, et tenant une corbeille de fleurs. Miniature sur vélin par *Van Orley*.

176 — Portrait de Stanislas, roi de Pologne, vu en buste, cuirassé, et portant le cordon du Saint-Esprit. Jolie miniature sur vélin.

177 — Portrait de Henri IV, médaillon en nacre sculptée et gravée. Cadre à jour en argent doré.

178 — Portrait du pape Pie V (Ghyslieri de Tortone, 1566-1572), petit bas-relief en nacre sculptée. Cadre en argent.

179 — Portrait du roi Louis XV, en profil, médaillon en porcelaine, pâte tendre, signé Duvivier. Cercle en argent doré.

180 — **Muneret.** Portrait de Napoléon Ier. Miniature ovale avec cercle en or ciselé.

181 — Portrait de François II, empereur d'Autriche. Miniature ovale avec cercle en or ciselé.

182 — **D. Bossi.** Portrait d'Alexandre Ier, empereur de Russie, avec cheveux poudrés. Cercle en or.

183 — **Isabey** (1814). Portrait de Louis XVIII en buste avec le cordon du Saint-Esprit. Cadre en or ciselé orné de fleurs de lis et d'étoiles.

184 — **Augustin.** Portrait du prince de Talleyrand, habit bleu, cheveux poudrés. Cercle en or.

185 — **Breughel de Velours.** Kermesse flamande.

Composition animée d'une infinité de petits personnages. Dans le fond on aperçoit la ville d'Anvers.

Grande gouache d'une extrême délicatesse d'exécution.

Cadre en écaille avac moulures d'ébène.

186 — **Huet** (J. B.). Scène pastorale.

Dessin à la plume, rehaussé d'aquarelle.

187 — Port de mer. Petite gouache de forme ovale dans un joli cadre en bois sculpté du temps de Louis XVI.

188 — Vue du château de Marly, avant ses agrandissements, dessin à la plume, et une gravure de B. Picard pour les fables de Lafontaine.

189 — Le jeune Dessinateur; grande miniature dans le goût de Klingstet, placée dans un très-joli cadre Louis XV en bois sculpté et doré, rechampi blanc.

MEUBLES, PORCELAINES, OBJETS DIVERS

190 — Belle Crédence du XVIe siècle en bois de noyer sculpté.

191 — Baromètre et Thermomètre en bois sculpté et doré. Époque Louis XVI.

192 — Baromètre et Thermomètre en bois sculpté et doré. Époque Louis XV.

193 — Grande et belle Armoire Louis XIV en bois violet marqueté, garni de charnières en cuivre ciselé et doré à feuilles d'acanthe.

194 — Boîte en laque aventurinée, décorée sur le couvercle de deux éventails et sur les côtés de médaillons d'oiseaux, paysages et ornements variés.

195 — Un Damier en acajou avec table en ivoire et ébène et bordure ornée d'incrustations d'argent.

196 — Une petite Commode en marqueterie de bois à trophées d'instruments de musique et corbeilles de fleurs de la plus grande finesse. Époque Louis XVI.

197 — Très-joli Coffret en marqueterie de bois à damier avec poignée en cuivre ciselé ; il est signé M. E. J. FOEBEN, époque Louis XVI.

198 — Jolie Tasse avec sa soucoupe en ancienne porcelaine de Sèvres, pâte tendre, décor à festons de fleurs, filets bleus et ornements dorés.

199 — Sucrier de forme cylindrique, à couvercle, en ancienne porcelaine du Japon, décor à bouquet de fleurs, bleu, rouge et or ; jolie monture en argent gravé du temps de Louis XIV.

200 — Deux Flacons en ancienne porcelaine du Japon, décor bleu à fleurs et branchages ; monture en cuivre doré et ciselé du temps de Louis XIV.

201 — Deux petits Plateaux à anses et à lobes, forme cœur, en ancienne porcelaine de Chine, décor à bouquets de fleurs en émaux de couleurs.

202 — Petite Coupe profonde en céladon gris craquelé.

203 — Grande Tasse à couvercle et plateau en porcelaine de la fabrique de Dihl et Gerhard, décorée de médaillons d'oiseaux.

204 — Deux Crachoirs en vieux Japon, décor à fleurs et branchages.

205 — Voltaire, petit buste en marbre blanc, attribué à Pajou.

206 — Portrait de Maurice-Quentin de Latour, médaillon en acier champlevé par J. C. Roettiers, graveur de la Monnaie. Signé et daté 1762. Ce médaillon est placé dans un cadre en bronze doré avec nœud de ruban et cartouche finement ciselés.

207 — Flacon à odeurs en ambre. Époque Louis XV.

208 — Étui de forme cylindrique en buis à fines cannelures.

209 — Deux petits Cadres de miniature argent ciselé et doré.

210 — Quatre pièces, Boîtes chinoises ivoire et laque.

211 — Un Violon, marqué Stradivarius, avec un archet de Tourte.

212 — Un lot de Cadres en cuivre pour miniatures.

Renou et Maulde, imprimeurs de la Compagnie des Commissaires-Priseurs, rue de Rivoli, 144. 21037

RED. :

21

0 1 2 3 4 5 6 7 8 9 10

www.ingramcontent.com/pod-product-compliance
Ingram Content Group UK Ltd.
Pitfield, Milton Keynes, MK11 3LW, UK
UKHW022147260726
13993UKWH00005B/2212

9 782329 311562